EL DESAYUNO
DEL PRÍNCIPE

A mis compañeros melindrosos. Ésta va por nosotros — J. O.
A Seb y Leon, ¡a quienes les encanta la cátsup! — M. L.

Barefoot Books
2067 Massachusetts Ave
Cambridge, MA 02140

Publicado por primera vez en los Estados Unidos de América
por Barefoot Books, Inc. en 2014

Diseño gráfico de Judy Linard, Londres, RU
Separación de colores por B&P International, Hong Kong
Impreso en China en papel 100 por ciento libre de ácido

La composición tipográfica de este libro se realizó en Fontesque Bold 24 en 33 punt
Las ilustraciones se prepararon con pinturas acrílicas y lápices acuarelables

Edición en español ISBN 978-1-78285-076-2

Información de la catalogación de la Biblioteca del Congreso
se encuentra en LCCN 2013031141

Traducido por Leticia Meza-Riedewald

1 3 5 7 9 8 6 4 2

EL DESAYUNO
DEL PRÍNCIPE

Escrito por
Joanne Oppenheim

Ilustrado por
Miriam Latimer

Barefoot Books
step inside a story

En un reino muy lejano, érase una vez,
un príncipe que decía "no" a la hora de comer.

Fruncía la nariz frente a los huevos con queso,
le hacía caras a la papilla,
aunque la reina decía: —Prueba esto.

Tomaba traguitos de chocolate, comía pan tostado seco.
Pero a lo demás que le ofrecían, decía: —No, no quiero.

—¡Alas! —dijo la reina a su querido esposo el rey—,
¿cómo va a crecer el niño, si no come lo que le des?

El rey movió su té y después de un traguito:
—Lo tengo —dijo—. ¡Viajaremos con el niño!

Comenzaron al día siguiente todas las preparaciones y, en menos de una semana, se fueron de vacaciones.

Viajaron con mucho estilo a la ciudad de Agra.
—Nuestros *idlis* son suavecitos —rebosaba el maharajá.

Las galletitas de arroz, con *chutney* sabían buenas.
El rey las tomó en su mano y no paraba de comerlas.

—¡Qué buenas! —decía—. Prueba, mi niño, prueba.
Pero, el príncipe dijo: —No quiero —y volteó la cabeza.

—Tal vez —dijo el anfitrión—, una rica *dosa* lo logra.
La podemos rellenar de *daal* o papas, si se le antoja.

La reina tomó un tenedor; el rey, con la mano, dos.
—Deliciosas —dijeron ambos—.
Prueba un poco, por favor.

—Las especias son perfectas, anda, no tengas miedo.
Pero el príncipe volteó la cabeza y dijo: —No, no quiero.

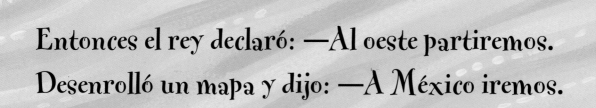

Entonces el rey declaró: —Al oeste partiremos.
Desenrolló un mapa y dijo: —A México iremos.

Toda la gente, en el muelle, gritaba: —¡Buenos días!
Les daban la bienvenida con calientes tortillas.

Huevos estrellados, aguacates, salsa y queso.
—¡Por favor! —decía el rey—,
yo quiero más de eso.

—¡Muy buenos! —dijo la reina—.
¿Niño, por qué no pruebas?
Pero el príncipe dijo: —No quiero —y volteó la cabeza.

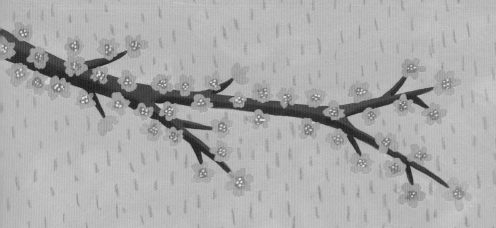

—¿Qué haremos ahora? —preguntó la reina con un suspiro.
De nuevo contestó el rey: —Iremos a Shanghai, cariño.

Se quedaron en casa de un mandarín rico.
—Mis chefs —declaró él—, satisfacen todos los caprichos.

—Le haremos un desayuno que comerá con gusto.
Siempre hay algo para todos, para el príncipe incluso.

—¿Le gustará al príncipe el *congee*?
Pruebe, aquí hay un poco.
Con los mejores encurtidos,
el rey comió casi todo.

—Este huevo de mil años hará al príncipe muy fuerte.
Le dará larga vida y le traerá mucha suerte.

—¡Sí, claro! —dijo el rey—,
¡ven ahora y prueba un poco!
Pero el príncipe volteó la cabeza,
y dijo: —¡No, ni loco!

Esa noche, en su habitación,
el rey, sentado en la cama:
—¡Eso es! —dijo él—.
¡Lo llevamos a África, mañana!

—Irnos de safari le dará gran apetito,
oh, fa la la la la, sé que eso es buen motivo.

Al príncipe le encantaron
todas las aventuras.
La jirafa lamió la corona,
y se rieron de la travesura.

Despertó a un fuerte león,
que gruñó con gran fuerza,
pero luego cerró los ojos
y volvió a su rica siesta.

Vio grandes manadas de cebras y muchos ñúes salvajes.
—Ahora —dijo el rey—, es hora de satisfacer el hambre.

En hermosas hojas verdes el desayuno sirvieron,
ricos plátanos fritos y frutas frescas les pusieron.

El príncipe frunció la boca cuando vio la fruta fresca.
El rey dijo: —Esto no está bien —y de inmediato se consternó.

—Los plátanos son perfectos —dijo la reina—. Prueba.
Pero el príncipe dijo: —No quiero —y solo volteó la cabeza.

La reina se preocupó: —¡Vámonos a casa! —suspiró—.
Nuestro hijo es melindroso, no importa lo que le doy.

Justo cuando ella hablaba,
un anciano de ojos vivaces:
—Quizá puedo ayudar —dijo—,
creo que es cosa de intentarlo.

Entonces sacó un frasco de muy adentro de su maleta,
le guiñó un ojo al príncipe y le dijo: —Tal vez te apetezca.

—¿Qué es esto? —dijo el príncipe—,
¡tiene un olor exquisito!
—Querido —dijo la reina—,
¿crees que será nutritivo?

—Creo —dijo el hombre—,
que no hay razón de alarmarse,
una gotita de cátsup,
nunca le hizo daño a nadie.

—La comeré con todo, con ruibarbo y con arroz.
—Mmmm —dijo el príncipe—, tiene muy buen sabor.

La puso en los *pancakes*, en el pan fue una sorpresa,
el rey estaba tan feliz, que se paró de cabeza.

La reina dio una pirueta
y cantó llena de placer,
y el banquete continuó todo
el día hasta el amanecer.

De ese día en adelante, a lo que el príncipe comía
le ponía un poco de cátsup y el plato limpio devolvía.